EDMOND BONNAFFÉ

UN ART

UNE ÉCOLE

PARIS

1891

123

UN ART, UNE ÉCOLE

Paris. — Imprimerie de l'Art, E. MÉNARD et Cⁱᵉ, 41, rue de la Victoire.

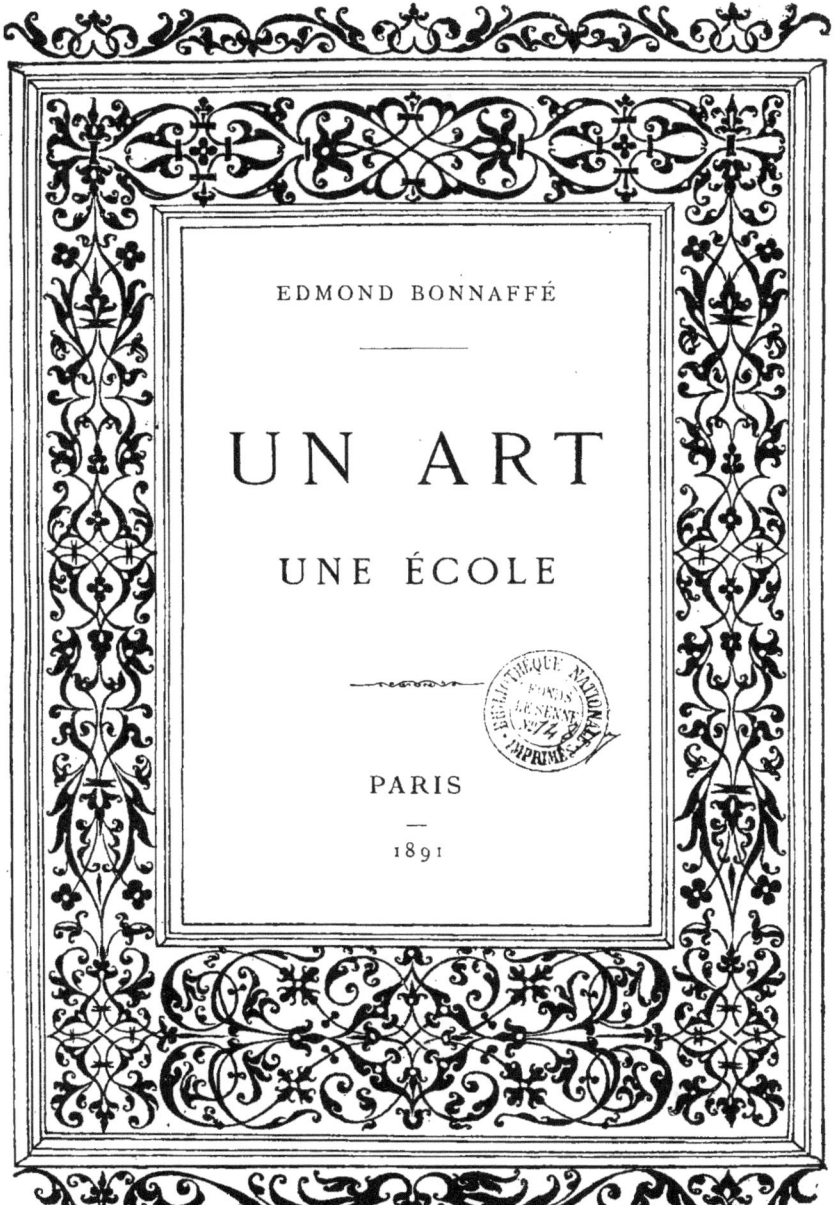

EDMOND BONNAFFÉ

UN ART

UNE ÉCOLE

PARIS

1891

UN ART, UNE ÉCOLE

I

 L vient de se produire un petit événement, bien mince en apparence, mais qui porte en soi le germe d'une grosse révolution; révolution salutaire, je m'empresse de le dire, et féconde en heureuses conséquences.

Le Salon du Champ de Mars a ouvert ses portes à ceux que l'on appelle les *Artistes industriels*. Quelques-uns ont accepté l'invitation et sont venus, pour la première fois, loger dans le même palais, s'asseoir à la même table que le peintre, le sculpteur et l'architecte, comme des enfants d'une même famille.

— Eh bien, que trouvez-vous là de si surprenant et de si révolutionnaire? — Je vais vous le dire, mais voyons d'abord comment les choses se passent aujourd'hui.

Un jeune homme cherche une carrière. S'il veut être peintre, graveur, architecte ou sculpteur, l'État le prend par la main et lui dit : « Viens avec moi; j'entretiens à grands frais des Écoles privilégiées qui sont un honneur pour leurs élèves et une gloire pour la France. Je t'y donnerai une éducation gratuite, des professeurs choisis parmi les plus illustres, des cours supérieurs, des concours publics et, finalement, un diplôme avec lequel, pour peu que tu continues, ta carrière est faite. Ce n'est pas tout : chaque année j'ouvrirai un Salon où tu pourras sans frais exposer tes œuvres devant les amateurs, les critiques et deux ou trois cent mille visiteurs. J'inventerai pour toi des récompenses exceptionnelles, des médailles, des prix, des mentions, des bourses de voyage. Seul, tu bénéficieras de mes achats et de mes commandes officielles. Seul, tu auras place au Luxembourg et au Louvre. Et plus tard, quand ta réputation sera faite, parvenu à ton apogée, tu trouveras à l'Institut la consécration suprême de ton talent et de ta renommée. »

Mais je suppose que le jeune homme veuille se faire orfèvre, émailleur, verrier, ferronnier, ciseleur, ébéniste ou décorateur : « Passe ton chemin, lui dira l'État, je n'ai rien pour toi, ni Écoles supérieures, ni professeurs d'élite, ni diplômes officiels. Mes médailles et mes commandes ne sont pas pour toi. Si tu te présentes au Salon, on t'en fermera les portes. Quant au Luxembourg, au Louvre et à l'Institut, n'y songe pas; ils ne sont pas faits pour tes pareils. »

— « Qu'est-ce à dire ? pensera le jeune homme. L'État tend les bras aux uns et les ferme pour les autres. Il se charge d'instruire, de faire connaître et de récompenser magnifiquement ceux-ci, et ne s'occupe pas de ceux-là. Il y a donc deux catégories d'arts, les arts privilégiés et les arts non privilégiés, les Beaux-Arts et..... les autres. S'il en est ainsi, et c'est l'État lui-même qui le proclame, je serais bien naïf d'aller à l'encontre d'une opinion professée par un personnage aussi compétent. Donc, arrière l'orfè-

vrerie, l'émaillerie et le reste, arts inférieurs, sans pres-
tige, sans avenir, sans patronage officiel, sans récompenses
supérieures! Ils soulèvent des préventions et ne sont pas
faits pour un fils de famille qui a reçu une certaine éducation et veut faire figure dans le monde. »

Et le jeune homme aura raison. Aujourd'hui, en plein
XIXe siècle, l'art se partage encore en deux castes, arts
libéraux ou beaux-arts d'un côté, arts serviles ou, comme
on les appelle poliment, *arts industriels* de l'autre. On a
bouleversé l'ancien monde, culbuté les trônes, enterré la
tradition, brisé le vieux moule et jeté sa poussière aux
quatre vents; on a balayé le passé pour faire la place
nette au présent, et la vieille formule scolastique du
Moyen-Age survit encore à toutes les ruines. Cent ans
après la Révolution, l'Exposition universelle de 1889 vient
de consacrer une fois de plus à la face de l'univers ce
déplorable dualisme. Nous avons vu deux palais s'élever,
le *palais des Beaux-Arts* et le *palais des Arts libéraux,*
tous les deux réservés aux arts privilégiés et à leurs
dépendances. Quant aux autres, les plébéiens, ils étaient
relégués parmi le vulgaire, dans leurs classes respectives.

Ainsi Boulle, Palissy, Pénicaud font de l'art servile, et
le premier barbouilleur venu, un peintre d'enseignes, un
mouleur d'imagerie font de l'art libéral! Ainsi quand
Raphael composait *l'École d'Athènes* et des cartons pour
les tapissiers; Cellini, le *Persée* et des salières; Jean
Cousin, *l'Amiral Chabot* et des patrons de broderies;
Donatello, des statues et des marteaux de porte; Le Brun,
des peintures et des bassins d'argent; quand Clouet
peignait des coffres et des portraits; quand Houdon mode-
lait le *Voltaire* et des candélabres de cheminée; Caffieri,
des bureaux et des bustes, ces grands artistes pratiquaient

un art différent suivant les circonstances, tantôt libéral et tantôt servile ou industriel !

Étrange aberration, qui serait puérile et prêterait à rire, si elle n'avait pas les conséquences les plus funestes.

Le dédoublement de l'art est la plaie du siècle ; il a disséminé les efforts et affaibli les deux parties. Oubliant les sages traditions des vieux maîtres qui prenaient soin de se mêler à l'industrie pour l'inspirer, la tenir en main et agir par elle sur le goût public, les peintres se sont cantonnés dans les nuages, sans jamais descendre sur terre pour se retremper aux sources vives, pour s'allier à l'industrie, s'assouplir et rajeunir avec elle. Ils ont fait et refait des tableaux, travaillant pour le petit nombre qui seul peut les payer, et condamnés à piétiner sur eux-mêmes sans pouvoir élargir ni leur cadre, ni leur clientèle.

Encore s'ils étaient restés maîtres chez eux, dans leur monopole ! Mais voici qu'une foule de jeunes gens du monde, pris de la démangeaison de peindre, ont envahi tout à coup les ateliers, encombrant de leur médiocrité la carrière et les Salons ; cela coûte si peu d'être un méchant peintre, et l'Exposition est si tentante avec son étalage public et son livret imprimé !

Dix mille tableaux par an, tant reçus que refusés, cent mille tous les dix ans ! Dans ce débordement de toiles peintes, comment attirer l'attention ? Le talent ne suffit plus, il est submergé. Quelques-uns, parmi les meilleurs, ont perdu la tête et, que voulez-vous ? ils ont tiré des pétards et des coups de pistolet pour appeler au secours.

Heureusement, les sculpteurs ont tenu bon ; savez-vous pourquoi ? parce que leur art n'est pas aussi commode que l'autre, il exige tout un attirail. Épargnés par l'invasion, ils sont restés le petit nombre qui se tient et se sent les coudes.

Quant à l'industrie, hélas ! épouse divorcée de l'art qui seul la féconde et l'anoblit, nous l'avons vue naguère errant à l'aventure, sans pilote et sans boussole, cherchant sa voie dans les ténèbres sans pouvoir la trouver, jusqu'au jour où elle a fini par se jeter dans les bras du premier venu. Sans doute les yeux se sont ouverts ; on a fait des efforts, des progrès. A Paris, en province, on a réorganisé l'enseignement, fondé des écoles nouvelles, remanié les anciennes ; bref, on a enrayé le mal. On ne l'a pas guéri.

« Je ne connais pas, disait de Laborde il y a quarante ans, je ne connais pas de fléau plus malfaisant que cette malheureuse et fausse opinion qui consiste à trouver deux arts, quand le bon Dieu n'en a employé qu'un seul dans toute la création, quand les nations les plus heureusement douées n'en ont eu qu'un. » Et depuis lors, l'Union centrale s'est fondée pour soutenir et propager le dogme de l'unité de l'art ; les docteurs de tous les pays l'ont proclamé dans deux congrès célèbres, à Bruxelles et à Paris. On a organisé des expositions, écrit des volumes, multiplié les conférences ; partout on a prêché la grande croisade du bon sens contre la plus dangereuse des hérésies. Et tous tant que nous sommes, nous avons bataillé les uns avec la plume, les autres avec la parole, pour terrasser l'hydre à deux têtes.

Faut-il donc se remettre en campagne pour démontrer cette vérité rebattue depuis l'antiquité, que l'art est un ; que la matière, la forme et la destination sont indifférentes ; que le même art s'exprime aussi bien sur la toile, la pierre, le bronze, le fer ou le bois ; que l'artiste seul

fait l'objet d'art et le fait comme bon lui semble ? Cathé-
drale grandiose, élégant dressoir, assiette de Sèvres ou
d'émail, candélabre servant à l'éclairage, statue inutile et
superbe qui décore la galerie, sont des manifestations
multiples d'un même art, infini dans ses expressions, un
dans son essence.

L'art est un, comme la sève qui produit le bois, l'écorce,
la feuille et les fleurs. Il est un, comme la source qui fait
la goutte d'eau étincelant au soleil, le ruisseau qui court
dans la prairie, la chute intelligente qui met l'usine en
mouvement, et le torrent fameux qui étonne le monde de
sa majestueuse inutilité.

Si l'art est un, s'il n'y a qu'un dieu, il ne doit y avoir
qu'un temple.

La Société du Champ de Mars l'a compris ; elle ouvre
la porte à l'art dit *industriel*. La première enceinte est
entamée et les occupants ne sont pas gens à lâcher la
place ; soyez sûr qu'ils reviendront en nombre l'année
prochaine et que la Bastille ne tiendra guère. C'est la
Révolution qui commence.

II

Mais allons plus avant : Du moment que le polythéisme
de l'art disparaît, que tous les artistes, ceux du ciseau, du
burin, du pinceau, de la gouge, de l'aiguille et du mar-
teau, adorent le même dieu et desservent la même église ;
du moment que la foi est une, le culte doit être un. D'où
la conséquence qu'il faut unifier aussi l'enseignement.

La tâche est-elle impossible ? Un homme qui connais-
sait de longue main notre tempérament et les aptitudes de

notre génie l'a essayé jadis ; il a réussi et, grâce à lui, la France a donné, pendant plus d'un siècle, le ton à l'Europe entière.

Le 6 juin 1662, Colbert achetait au nom du roi l'hôtel des Gobelins pour y installer, non seulement une manufacture de tapisseries, mais la *Manufacture Royale des Meubles de la Couronne.*

Le but de l'institution, clairement défini dans le préambule de l'édit de 1667, consistait à « rechercher les peintres de la plus grande réputation, des tapissiers, des sculpteurs, orphèvres, ébénistes et autres ouvriers plus habiles en toutes sortes d'arts et métiers, les loger, donner des appointements à chacun d'eux, et leur accorder divers privilèges et avantages. » Une « Académie de dessin d'après l'antique et le modèle vivant, dirigée par trois membres de l'Académie », était jointe à la Manufacture.

Soixante enfants devaient y être entretenus sous les ordres du « maître-peintre chargé de leur éducation et instruction, pour être ensuite distribués par le directeur et par lui mis en apprentissage chez les maîtres de chacun des arts et métiers, selon qu'il les jugerait propres et capables. Après six ans d'apprentissage et quatre ans de service, lesdits enfants passeraient maîtres de leur communauté. »

Dès l'origine, la Manufacture comptait des peintres comme Van der Meulen, Baptiste Monnoyer et Fontenay ; des sculpteurs comme Tuby et Coysevox ; des ciseleurs comme Caffieri ; des mosaïstes venus de Florence, comme les Megliorini ; des ébénistes comme Domenico Cucci ; des brodeurs comme Balland et Fayette ; des graveurs comme Audran et Sébastien Leclerc ; des orfèvres comme les de Villers et Alexis Loir ; des serruriers, des décorateurs, des horlogers, des fondeurs, des tapissiers parmi les plus habiles et les plus renommés.

« C'est de la Manufacture royale des Gobelins que sont sortis, disait Savary en 1724, tant d'excellents ouvrages en tous genres, qui servent d'ornement à Versailles et à Marly, ces maisons royales qui feront toujours l'admiration des étrangers, et qui seront un des plus beaux monuments de la magnificence du puissant roi pour qui elles ont été bâties, meublées et embellies. C'est aussi dans cet hôtel que se sont instruits et perfectionnés tant d'habiles ouvriers qui, depuis son établissement, se sont répandus dans le royaume et surtout dans la capitale, où ils ont poussé les beaux-arts au point de ne plus guère faire envier ni regretter par les Français les admirables ouvrages des Grecs et des Romains. »

Il fallut la guerre, les embarras sans cesse croissants du Trésor royal, une succession d'administrateurs incapables, pour désorganiser ce noble établissement. La Révolution lui porta le coup de grâce : elle ferma l'Académie de dessin, licencia les derniers ouvriers, et ne conserva qu'un petit nombre de tapissiers.

La *Manufacture des meubles de la Couronne* avait vécu ; mais l'idée première était bonne en soi, franchement nationale et faite à notre mesure; elle ne pouvait manquer d'être reprise tôt ou tard.

Le 26 nivôse an VIII (16 janvier 1800), un homme que l'on ne s'attend guère à rencontrer ici, François Talma, le grand tragédien, proposait au gouvernement d'établir une *École nationale des arts mécaniques dans l'emplacement des Gobelins*. La Révolution avait ruiné les ouvriers parisiens, surtout ceux qui s'occupaient des arts *méca-niques*, c'est-à-dire *industriels*, et le Directoire cherchait les moyens de leur donner du travail. C'est alors que Talma forma le projet de son école ; il en prépara l'orga-nisation technique avec le peintre-architecte Charles Moreau et le sculpteur Regnier, et présenta sa demande au mi-nistre [1].

Le pétitionnaire explique que « l'utile établissement qu'il propose n'est que l'exécution ou plutôt la perfection de celui que Colbert avait fondé à l'Hôtel des Gobelins ». Il a pour objet : « 1° de procurer aux artistes et ouvriers célèbres qui sont sans travaux les moyens de faire subsister leur famille ; 2° d'employer ces mêmes artistes et ouvriers à l'enseignement des jeunes élèves, et de les mettre en état de porter dans leurs départements respectifs, après cinq années d'apprentissage, les talents qu'ils auront acquis dans l'École nationale ; 3° d'élever ainsi au plus haut degré de perfection tous les objets de luxe et d'utilité destinés à l'ameublement et à la décoration des bâti-ments. »

« Ceux qui se livrent aux arts libéraux, dit-il encore, sont soutenus, encouragés, récompensés par l'État ; pour-quoi n'accorderait-on pas à ceux qui s'attachent aux arts mécaniques une protection particulière, des secours, des encouragements ? Si les premiers font la gloire de la patrie, ceux-ci en font la richesse et la prospérité. »

L'École serait placée dans les bâtiments inoccupés des Gobelins, et ce qui reste de la Manufacture de tapisseries viendrait se fondre dans le nouvel établissement. On y enseignerait « généralement tout ce qui concourt à la décoration et à l'ameublement des appartements ».

1. Je possède l'original de ce document.

Elle serait dirigée par les maîtres parisiens les plus célèbres. Sous leur inspiration et avec leur concours, les ateliers fabriqueraient des ouvrages « utiles et agréables », qui seraient ensuite vendus dans des magasins établis au centre même de Paris.

« Chaque département enverrait tous les ans un ou plusieurs élèves de ses écoles de dessin, pour remplir les places d'élèves, jusques au nombre de cent par an pour toute la République », et payerait « six cents francs par chaque élève pour chacune des trois premières années de son apprentissage ».

Telle était l'économie du projet de Talma. Mais, avec les meilleures intentions du monde, il n'était pas né viable. Loin de *perfectionner*, comme le disent ses auteurs, l'institution primitive, on ne faisait que l'amoindrir et la dénaturer. A la Grande Manufacture-modèle fondée par Colbert, ouverte à toutes les expressions de l'art comme à tous les meilleurs maîtres de France et de l'étranger, travaillant pour le prince, et ne faisant pas commerce de ses ouvrages, on voulait substituer une manufacture étroite, réservée à quelques spécialistes, vendant ses produits au public dans des magasins patronnés par l'État, et créant à son profit un monopole au détriment des industries similaires. Le temps n'était plus aux privilèges et, comme de raison, la proposition n'eut pas de suite.

En 1856, de Laborde s'empare à son tour de l'ancienne organisation de Colbert. « Je demande, dit-il [1], la restauration de l'utile établissement des Gobelins ; rien de plus, trop heureux de pouvoir proposer une chose utile qui n'est

1. Rapport sur l'Exposition de 1851.

point une innovation, qui a pour elle l'expérience et des résultats dont nous pouvons constater la portée féconde et la bonne influence. »

L'établissement prendra le titre de *Grande Manufacture modèle,* comprendra six cents élèves, et sera placé dans « le terre-plein de l'île Louviers couvrant une superficie de 30,000 mètres carrés ».

La Grande Manufacture ne travaille que pour l'État, pour les résidences de ses fonctionnaires et pour ses Musées. Elle ne fait pas concurrence à l'industrie privée et « ne vend pas ses produits au consommateur au détriment du producteur ; elle les montre aux uns et aux autres : aux premiers, pour leur apprendre ce que peut l'art du meilleur goût quand il est assisté de l'exécution la plus parfaite ; aux seconds, pour leur offrir tous les moyens de satisfaire aux nouvelles exigences de leur clientèle. Élever l'industrie ou l'art appliqué à son apogée, faire descendre l'art jusque dans les produits les plus infimes de la fabrication la plus grossière, telle est la mission de la Grande Manufacture. C'est pourquoi, en même temps que les artistes composeront et exécuteront au repoussé le plateau splendide en or ou en argent, ces mêmes artistes prendront la feuille de cuivre rouge ou jaune, et repousseront dans ce métal le chaudron de la cuisine, la poêle de la ménagère, la casserole du petit monde, pour en faire des ustensiles plus commodes qu'ils n'ont jamais été, bien que gracieux par les justes proportions et l'élégance appropriée à l'usage. Le chaudron, la poêle et la casserole, fabriqués ensuite sur ces modèles par l'industrie privée, ne seront pas plus chers que ceux qu'elle débite aujourd'hui, et l'œil du pauvre sera réjoui et son goût sera épuré, et nous retrouverons, comme aux grandes époques de l'art, la batterie bien fourbie s'étalant avec orgueil sur le dressoir, véritable musée de la fermière ».

Les fabrications de la Grande Manufacture comprendront :

« 1° La décoration immeuble ou architectonique, c'est-à-dire les riches revêtements en belles matières, les mosaïques, les tapisseries et tentures, ainsi que certaines parties d'ornementation ;

« 2° La décoration meuble, qui embrasse tous les meubles meublants, depuis le tabouret jusqu'au lustre, depuis le surtout jusqu'au bronze d'art ;

« 3° Enfin, les ustensiles de la vie privée, tels que porcelaines, verreries, argenterie et batterie de cuisine. »

Plus loin, l'auteur étudie l'organisation du personnel : directeur, chefs de service, contremaîtres, « le nerf et l'âme de ce grand corps », ayant sous leurs ordres six cents élèves dont l'instruction durera trois ans.

La Grande Manufacture renfermera un Musée spécial, de vastes locaux pour les cours et les lectures du soir, des laboratoires complètement outillés pour les essais, les inventions nouvelles, les découvertes de la chimie, de la physique, de la mécanique appliquée.

« Elle ne paraîtra dans aucune Exposition. Elle exposera ses ouvrages dans les palais et les résidences, ses modèles dans son Musée, ses procédés d'exécution dans un bulletin hebdomadaire. Elle n'aura d'autres ouvriers que ceux qu'elle prendra à l'industrie parmi ses apprentis, et qu'elle lui rendra au bout de trois ans contremaîtres consommés dans leur partie. Elle aura, en un mot, le grand caractère protecteur et initiateur qui convient à l'État intervenant au profit de la nation. »

Je ne puis que résumer le programme grandiose déve-

loppé par l'auteur ; car il entre dans les détails les plus
minutieux sur l'organisation et le fonctionnement de la
Grande Manufacture ; il n'omet rien, prévoit et discute
toutes les objections, et sème le long du chemin, avec une
inépuisable abondance, les aperçus les plus ingénieux, les
théories les plus neuves et les plus élevées.

Assurément une cité manufacturière, avec ses bâtiments
couvrant 30,000 mètres et sa population de six cents élèves,
sans compter les contremaitres et les employés, obligés de
loger aux environs, serait l'idéal le plus complet d'une
école d'art industriel. Mais cet idéal n'est-il pas une utopie ?
Où trouver aujourd'hui l'énorme superficie nécessaire à un
établissement de cette envergure, quand le Musée des Arts
décoratifs en est encore à chercher un emplacement pour
y planter sa tente ? Où trouver surtout la quantité de millions indispensables à la construction, à l'entretien, au
matériel et au salaire du personnel ?

D'ailleurs ce projet, fût-il praticable, ne résoudrait
qu'une partie du problème. Il ne tranche pas la question
vitale, celle du dédoublement de l'art, de la séparation de
l'art et de l'industrie, cause première de tout le mal. La
Grande Manufacture serait une *École spéciale d'arts industriels,* dont la création aurait pour effet d'accuser davantage et de prolonger cette séparation que tous nos efforts
doivent tendre à détruire.

La même critique peut s'appliquer au *Collège des
Beaux-Arts appliqués à l'Industrie* que l'Union centrale
avait formé le projet de fonder à Paris. L'idée première
appartenait à M. Duruy, ministre de l'Instruction publique ;
l'Union centrale ne pouvait manquer de l'accueillir et,

en 1866, elle obtenait du gouvernement l'autorisation
nécessaire.

Le collège devait être placé boulevard de Philippe-
Auguste et contenir neuf cents élèves payants.

« Dans cet établissement, et pour la première fois, dit
le programme, une sérieuse instruction classique et litté-
raire sera intimement unie aux plus larges études d'art ;
l'éducation de l'esprit et celle de la main seront données
simultanément..... Il sera créé des salles spéciales consa-
crées à chacune des grandes époques de l'histoire de l'art,
une salle des Arts décoratifs de l'Orient et une biblio-
thèque spéciale aussi complète que possible ; — des serres
de plantes vivantes et une salle de plantes et fleurs artifi-
cielles ; — des cabinets de physique, de chimie, d'histoire
naturelle ; — un Musée de l'art contemporain, un gym-
nase, un manège, etc. »

En outre, le collège devait contenir « des ateliers
spéciaux accordés à titre d'honneur et gratuitement à nos
premiers artistes, à la condition qu'ils admettront à certaines heures les élèves auprès d'eux, tandis qu'ils exécuteront des œuvres d'art destinées à servir de modèles aux
différentes industries. »

La dépense des constructions et du terrain, évaluée à
quatre millions, devait être fournie par des souscriptions.
Le collège était une entreprise privée ; l'État prenait soin
de déclarer qu'il « restait complètement étranger à ses
intérêts matériels et financiers » et laissait agir l'initiative
individuelle, se bornant à l'appuyer de tous ses vœux.
Rôle commode en vérité. L'État entretient l'École des
Beaux-Arts, la Manufacture de Sèvres et celle des Gobelins ; de quel droit refuser son concours à une institution
similaire qui avait les mêmes titres à son patronage finan-

cier? Il est vrai qu'il daignait contempler avec bienveillance les efforts de l'Union centrale et de ses amis

E terra alterius magnum spectare laborem.

C'était insuffisant. Réduite à elle-même, l'initiative privée n'était pas de taille à lancer une pareille entreprise ; le platonisme de l'État l'empêcha d'aboutir.

III

Après tant d'insuccès, faut-il donc s'abstenir et renoncer à chercher une solution nouvelle? Je l'ai dit tout à l'heure, la question me paraît mal posée. Ne s'occuper que des arts industriels, c'est reconnaître implicitement qu'ils existent et que le dédoublement de l'art est un fait acquis. Or, tout programme d'enseignement, pour être viable et fécond, doit se baser sur l'indissoluble unité de l'art. En dehors de ce principe, je ne vois que des palliatifs, des expédients et des demi-mesures.

Si j'avais l'honneur de parler à l'État et qu'il daignât m'écouter, il me semble que je lui dirais :

« Nous sommes d'accord sur le principe, n'est-ce pas? L'art est un; tous les artistes sont du même sang. Ni noblesse, ni roture, ni patriciens, ni plébéiens. Il y a des aînés et des cadets, pas davantage; mais tous ne composent qu'une famille, habitent la même maison, et ont droit à la même table.

« Or, aujourd'hui, les enfants sont partagés en deux castes, et vous entretenez cette division par vos préférences, par le patronage éclatant que vous accordez aux uns et que vous refusez aux autres ; il faut à tout prix les

réconcilier. Le Champ de Mars fait les premières avances,
secondez ce bon mouvement; rejoignez une fois pour toutes
les membres séparés pour en faire un seul corps, rappro-
chez les deux bords de la plaie pour opérer la cicatrisa-
tion; en un mot, créez une *École de l'art,* de l'art tout
court et sans épithète. L'idée n'est pas nouvelle; Colbert
l'a appliquée avant vous avec un succès et un éclat sans
pareils. Sans doute, les temps sont changés, l'organisme
de Colbert a vieilli dans certaines parties et des rouages
sont à refaire; mais le fond est solide, il a fait ses
preuves.

« La nouvelle École, destinée à rassembler en un seul
faisceau, à centraliser toutes les manifestations de l'art,
s'appellera, si vous le voulez, *École centrale* ou *supérieure
de l'art.* Je la comprends peu nombreuse, étroite et d'un
accès difficile; ce sera l'École de Guerre qui fait les offi-
ciers brevetés, ceux qui mènent l'armée.

« On y enseignera tout ce que l'on entend aujourd'hui
sous la dénomination de Beaux-Arts et d'Arts industriels :
l'Architecture; — la Peinture et la Gravure avec tous
leurs dérivés; — la Sculpture, avec la fonte et la ciselure;
— l'Orfèvrerie et ses accessoires; — l'Art du meuble; —
la Céramique; — la Tapisserie, la Broderie, etc.

« L'École sera tout à la fois École et Manufacture. Elle
aura des cours où les professeurs enseigneront les diverses
parties de l'art, et des ateliers où les élèves mettront ces
leçons en pratique et fabriqueront des modèles sous la
direction et avec le concours de ces mêmes professeurs.

« Dans les cours, une grande part sera faite à l'histoire
de l'Art. On fera connaître et comprendre les vieux maîtres,
surtout les nôtres, ceux qui ont pratiqué par excellence
l'art français et que nous pouvons le mieux nous assimiler;

car ils étaient de la même chair, du même sang et du même sol que nous. Mais on prendra bien soin de rappeler aux élèves que, le livre une fois lu, il faut le refermer ; que leur premier devoir est de se faire une personnalité, de se garder surtout des pastiches qui dessèchent l'imagination et tuent l'initiative.

« L'École aura des salles d'exposition publique pour ses modèles.

« Les élèves, une centaine environ, seront triés parmi les meilleurs dans les Écoles de dessin, et admis au concours. Nous sommes une École d'élite qui ne reçoit et ne produit que des sujets de choix. Mieux valent trois talents que mille médiocrités ; ceux-là seuls s'imposent au goût public, le dirigent et font souche.

« L'élève devra passer un certain temps dans chacun des ateliers et, ce premier apprentissage terminé, il sera dirigé, suivant ses aptitudes, dans son atelier définitif. Des examens de sortie et l'obligation comme autrefois, de faire un *chef-d'œuvre,* seront les conditions de rigueur pour obtenir le diplôme de maîtrise.

« Où l'École sera-t-elle placée ? Le local est à chercher ; un emplacement équivalent comme surface à celui de la Cour des Comptes suffirait largement à tous les besoins et à toutes les prévisions de l'avenir.

« Quel sera le Directeur ? Le choix est difficile. Si vous rencontrez un Le Brun, mettez-lui la main au collet, et installez-le coûte que coûte à la tête de l'École. A défaut des Le Brun qui sont rares par le temps qui court, choisissez un peintre ou un sculpteur pas trop en vue, pas trop inféodé à telle ou telle coterie, et surtout un administrateur. Entourez-le d'un conseil peu nombreux composé d'artistes, de savants, d'industriels, d'amateurs. Donnez-lui pour auxiliaires les maîtres les plus célèbres et les plus qualifiés. Je ne cite personne; mais, Dieu merci, les talents ne nous manquent pas. Faites encore venir, s'il y a lieu, quelques ouvriers des plus habiles du Japon, de la Chine, de la Perse et de l'Inde, pour apprendre leurs secrets à vos élèves.

« Et surtout relevez l'École par un patronage officiel, par des encouragements publics, par des récompenses exceptionnelles. Que le diplôme de maître donné par vous soit un titre et un honneur, comme le diplôme de médecin et le brevet d'ingénieur. Ouvrez à vos élèves les portes du Luxembourg, du Louvre, de l'Institut. Que l'École de l'art marche de pair avec l'École polytechnique, l'École des Beaux-Arts, l'École de droit, l'École de médecine.

« Nous n'excluons personne et nous laissons chacun libre dans sa spécialité. Si les Beaux-Arts, Sèvres ou les Gobelins viennent à nous, nous les accueillerons; s'ils préfèrent leur indépendance, eh bien, nous les stimulerons par notre exemple; nous ne faisons pas de concurrence. Moins habiles peut-être à perfectionner isolément le tableau ou la statue, nos élèves sauront mieux les composer pour une place donnée dans un ensemble décoratif. Nos architectes restitueront moins de temples grecs et de monuments du Moyen-Age; ils construiront des maisons plutôt que des cathédrales, des villas plutôt que des arcs de triomphe. L'orfèvre, le céramiste, le peintre, l'architecte, le sculpteur, le tapissier, l'ébéniste, le ciseleur, confondus dans les mêmes ateliers, se coudoyant dans une camaraderie de tous les jours, feront leur éducation mutuelle sous une même discipline et dans un même esprit. Et plus tard, qu'ils dirigent un atelier, une fabrique ou une école, qu'ils deviennent patrons, contremaîtres ou professeurs, ils pratiqueront et propageront autour d'eux cette communauté d'efforts, cette intimité de l'art et de l'industrie qui fait les œuvres excellentes et les monuments durables.

« Mais savez-vous quel sera le premier résultat, la conséquence immédiate de l'institution ? C'est qu'une foule de jeunes gens, grisés par les Expositions, abandonneront leur rêve de Michel-Ange en herbe pour des réalités moins olympiennes ; ils se disputeront l'honneur d'entrer dans notre École et de concourir pour le diplôme envié qui leur assure la considération de tous, une belle carrière et, s'ils réussissent, les plus hautes récompenses réservées par la France aux talents supérieurs. Vous les verrez ces infortunés qui s'obstinaient à exposer périodiquement, vous les verrez, transformés par la nouvelle École, devenir des céramistes, des verriers, des orfèvres, des ébénistes distingués, à la grande joie du vrai peintre et du vrai sculpteur dont ils auront désencombré les ateliers, — du public qui pourra désormais contempler à loisir un Salon peu nombreux, composé d'œuvres choisies, — et de l'École française tout entière dont ils prépareront la Renaissance.

« J'ai prédit une Révolution, j'en ai montré les débuts ; à vous, qui êtes l'État, de prendre en main le mouvement, de le diriger et d'assurer à la France les cent ans de suprématie que l'institution de Colbert lui a donnés. »

www.ingramcontent.com/pod-product-compliance
Lightning Source LLC
Chambersburg PA
CBHW061733180626
46818CB00006B/2584